मैंने मुस्कुराना सीख लिया है

डॉ. प्रकाश कुमार अग्रवाल

सन्मति पब्लिशर्स एण्ड डिस्ट्रीब्यूटर्स

ISBN: 978-93-88365-53-6

प्रकाशक

सन्मति पब्लिशर्स एण्ड डिस्ट्रीब्यूटर्स

बी–347, संजय विहार,

मेरठ रोड, हापुड़–245101 (उ0प्र0)

website : www.sanmatiindia.com

email: sanmati555@gmail.com

मो. 8439645104, 09997184964

प्रथम संस्करण : 2019

आवरण

RETROTEK

अपनी बात

कहते हैं कविता भावाभिव्यक्ति का साधन होती है। कविता के माध्यम से हम अपने मन की अनुभूतियों को अच्छी तरह से प्रकट कर सकते हैं। मन के अंदर जितने भी भाव होते हैं, उसे हम अपनी कविताओं के माध्यम से व्यक्त करने में पूरी तरह से सक्षम होते हैं। यही कारण है कि बड़े से बड़े साहित्यकारों ने अपनी कविताओं के माध्यम से अपने मन की अनुभूतियों को पूरी तरह से व्यक्त किया है। कविता लिखने की रुचि मुझे बचपन से ही थी। इन कविताओं में जितने भी भाव प्रकट हुए हैं वे सब मेरे अंतर्मन की कल्पनाएं और भाव हैं, जिन्हें मैं आपके समक्ष प्रस्तुत करने के लिए तत्पर हुआ हूँ अगर इनमें कहीं त्रुटि रह गई हो, तो उसके लिए आपके सुझाव मेरे लिए बहुमूल्य हैं।

इन कविताओं को संग्रह करने की प्रेरणा मुझे मेरे गुरुजनों और मेरे मित्रों से मिली। उसके लिए मैं उनका हृदय से आभारी हूँ। मेरी जीवनसंगिनी खुशबू अग्रवाल और मेरे चिरंजीव पुत्र प्रखर अग्रवाल का भी मैं हृदय से आभारी हूँ, जिन्होंने इस कार्य को करने में मुझे सहयोग दिया।

अंत में मैं प्रकाशक महोदय का भी आभार व्यक्त करता हूँ, जिन्होंने मेरी इन भावनाओं को आप तक पहुँचाने में सहायता की है।

- डॉ. प्रकाश कुमार अग्रवाल

अनुक्रमणिका

तुमको देखा	7
अलसाई रात आ गई	8
आप आये	9
गरीबी	11
सिफारिश	12
मंत्र	13
मंजिल	14
नवन नवन बहु अंतरा	15
हे प्रभु	16
देश के सपूत	17
दुःख	18
शमशान घाट	19
माँ	20
जीवन की राह	21
मैं कवि नहीं हूँ	22
नियति	23
पिता	24
दया	25
गिरगिट	26
कोशिश	27
इंतजार	28
शांति	30
अधिकार	31
अँधेरा छाया है	32

साँसों का मंत्र 33
आगे बढ़ता जाता हूँ 34
आगे बढ़ते जाओ 35
पैसा बोलता है 36
तेरा साथ चाहिए 38
आगे बढ़ता हूँ मैं 39
हे प्रभु ! 40
स्वार्थ 41
कुर्सी 42
शिखर की ओर 43
पर दुःखकातरता 44
बरसात की एक शाम 45
कलम 46
सपने 47
अँधेरी रोशनी 48
अवस्था खराब है 50
खेलो बबुआ 51
समय की पुकार 52
क्या कहना है 53
आत्मनिवेदन 54
चलो फिर तन्हाई की ओर 55
रिश्ते 56
बदरा 57
सोचता हूँ कुछ लिख लूँ 58
कुछ पार नहीं पा रहा हूँ 59

मैंने मुस्कुराना सीख लिया है	60
यायावर हूँ मैं	61
कब आओगी तुम	62
समाज-द्रोही	64
राग	65
किताबी कीड़े	66
अमीरी	68
कुछ करना है	69
कवि और कविता	70
परिंदे	71
पैतरे	72
सम्मान	73
अधूरी आजादी	75
नीरसता से सरसता की ओर	77
संवेदनहीनता	79
फरियाद	80
'मैं' को मिटाना होगा	81
हमारी सरकार होनी चाहिए	82
जीवन का संदेश	83
मैं मान तुमको दूँगा	84
वसंत आने वाला है	85

तुमको देखा

तुमको देखा
देखकर ऐसा लगा जैसे
बहती सरिता का निर्मल नीर हो तुम
किसी अभागे की तकदीर हो तुम
निर्धन असहाय की जागीर हो तुम

तुम ही हो
जिसे मैंने अपना पाया
कड़ी धूप में घना छाया
आकर तेरे अंक में
खोया मैं अपने को पाया
यत्न करता हूँ कि
मुझे शब्द मिले बयाँ करने के लिए
अर्थ को नया भरने के लिए
पर तेरी परछाई सदा मेरे साथ रहती है
जैसे धरा की बादलों पर नज़र रहती है।

अलसाई रात आ गई

अलसाई रात आ गई
दिलों में छा गई
अंक में अपने सुला गई
हसीन सपने दिखा गई
रात के मुसाफ़िरों को
तन्द्रा में बहा गई
इहलोक और परलोक के
अंतर को मिटा गई

यामिनी के करों में
आलस्य की जंजीरें है
जंजीरों को तोड़ना
मनुज की तक़दीरें है
चकोर का चाँद से
मिलन का समय आ गया
पपीहा पीहू-पीहू करके
स्वाति की बूँद पा गया
रात्रि के अंध में खुलते छंद के बंध
तब जुड़ता कवि का कविता से संबंध।

आप आये

आप आये
मुस्कुराते हुए
शर्माते हुए, लजाते हुए
आपने सोचा कि आप को देख मैं मुस्कुराऊँगा
आपके लिए कुछ फरमाऊँगा

लेकिन ये आपका भरम है
क्योंकि आपमें न कोई शरम है
और न ही आपके जीवन का कोई धरम है
लगते आप मुझे बिल्कुल बेरहम हैं

लालच आपके रगों में है
छल आपके लबों में है
न दिखता आपको दिन है
न दिखती आपको रात
बस करते रहते हैं आप खुद की ही बात
हो गया जो बंधु आपका वो इस जहान से तर गया
न रहेगा उसका कोई पता वो जीते जी मर गया
आपको क्या कहें, है शब्द का अपमान
कर वंचना कर दिया आपने कितनों का काम तमाम
दोस्ती, रिश्तेदारी, बंधुत्व है न आपके शब्दकोश में
बार डाला है उसे, हो जोश भरकर लौ में
तिनके को तूने न दिया है आज तक सम्मान

एक दिन तुझे वही पीड़ा देगा हे क्षुद्र इंसान
है मतलबी है तू न है खुदा का ख़ौफ़ तुझे
जल जाएगा इस काल में, न इल्म है न होश तुझे
हे रास्ते के पत्थर न उठा तो लतियाया जाएगा
जहाँ जाएगा वहीं पर ठोकर खायेगा
बना न पाया दोस्त तू है दुश्मनों की आदत तुझे
फँस जाएगा मंझधार में मिलेगा न प्रतीर तुझे।

गरीबी

कहीं भुखमरी है तो कहीं लाचारी है
ये देश की आज की नहीं बल्कि
दशकों पहले की बीमारी है
मुगल चले गए, गोरे चले गए
गरीबी को फैलाकर कई निगोड़े चले गए

रोटी पैदा करने वाले ही भूखे हैं
रोटी से खेलने वाले देश को लूटे हैं
कहीं चुनिया भूखी है, कहीं मुनिया
कहीं वेदना रोती है कहीं दुनिया
सिरसा के मुख सी गरीबी फैली पूरे संसार में
नहीं रोक पाई कोई योजना फैलने से इसे ब्रह्मांड में
कैसे रूकेगी यह गरीबी ये सोच देश परेशान है
जब तक न निकले कोई समाधान
तब तक आराम हराम है।

सिफारिश

आज की दुनिया है सिफारिश की दुनिया
आज न है क़ाबिलियत का मोल
चारों ओर गोल-गोल
है इस दुनिया का एक मंत्र
इसका पाँव पकड़ेंगे हम
है चतुर्दिक इस महामारी का फैलाव
चाह कर भी नहीं कर सकता कोई इससे बचाव
है इस मर्ज का केवल एक उपाय
अगर मनुज छोड़ चापलूसी खुद को अपनाये।

मंत्र

मुझे जीवन का मंत्र मिल गया
क्या कहूँ सपनों का तंत्र मिल गया
है काम आते इस जिंदगी में
उन कल्पनाओं का यंत्र मुझे मिल गया।

प्रेम अर्चना यही करें शोषितों का आदर
दें दया करुणा का मंत्र उन्हें सादर
न भूले कभीअपने अतीत का गौरव
कर वंचितों का सम्मान फैलाये सौरभ।

करें उपाय ससमर्थ्य उनके जीवन में दीप जलाये
देकर उनको खुशी मानवता का बिगुल बजाये
पहुँचाकर उनको न्यास हम घर उनका हम भर सकते हैं
भर बंधुत्व का भावभार जीवन का कम कर सकते हैं।

मंजिल

मिलेगी मंजिल मुझे यह जानताहूँ
खुद को अच्छी तरह पहचानता हूँ
रास्ते में हों अनेक रोड़े परवाह करता नहीं
कठिनाइयों से कभी डरता नहीं।

भय नहीं है मुझे अनजान रास्तों का
न ही भय है मुझे पथ में पड़े शूल का
सिर्फ हौसला और साहस साथ है मेरे
जो देता मुझे संबल आगे बढ़ने का।

न भूख है ना प्यास है
सिर्फ मंजिल पाने की आस है
गिरता पड़ता चल रहा हूँ
परोक्ष राहों की ओर सीना ताने।

लगता है मंजिल के करीब हूँ बहुत
मन में इसका एहसास है
ज्यों ज्यों आगे बढ़ता जाता हूँ
मुकाम को सामने पाता हूँ।

नवन नवन बहु अंतरा

ज़माना है आज झुकने का
झुककर काम निकालने का

कहते हैं चीता बहुत झुकता है शिकार के लिए
चोर झुकता है कंगाल करने के लिए
कमान झुकती है संहार के लिए
और आज मनुज झुकता है
अपना काम बनाने के लिए

इस कहावत को चरितार्थ करने के लिए-
"अपना काम बनता भाड में जाए जनता।"

हे प्रभु

हे प्रभु हिम्मत न दो
साहस न दो
हौसला न दो
बिछा दो रास्ते में अमावस की काली रात
रिमझिम रिमझिम कंजल मिश्रित मेघ की वर्षा हो
पथ में न मिले कोई साथी
कष्ट के व्रत को लिए
निरंतर आगे बढ़ता जाऊँगा
न मिले कोई भी अपना
सपना से स्वर्ग बनाऊँगा।

देश के सपूत

देश बनता है नौजवानों से
देश बनता है कर्म के अफसानों से
देश की मिट्टी, देश का गौरव
फैलता चारों ओर सौरभ

देश की शपथ लेते हैं जो लोग
बलिदान दे देते हैं लोग
न डरते मौत से
न डरते अरि से
आगे बढ़ते जाते हैं
चाहे जितने कंटक हो राहों में

फूलों की उनको चाह नहीं
शूलों की परवाह नहीं
बस आगे बढ़ते जाएँगे
देश का मान बढ़ाएँगे
है गर्व देश को इनपर
है नाज धरा को सपूतों पर
मान बढ़ाते मातृभूमि का
देकर अपना सर्वस्व।

दु:ख

इस दुःख से भरे आकाश में
सुख की की बिजली कभी-कभी चमकती है
जैसे बारिश के बाद इन्द्रधनुष की छटा बिखरती है

दुःख की रात्रि का गहन अंधकार
करता मनुज को हतोत्साहित
होकर निरुपाय बेबस
करता अपनी स्थिति का मूल्यांकन
नीरस निष्क्रिय निष्काम हो जाता
अपने से अनजान

दिशाहीन, शब्दहीन, भावहीन
मौन हो जाता इंसान
बिगड़ जाता बना बनाया काम
सुख दुःख तो आँख मिचौनी है
सब नसीबों की होनी है
इसके पार उतरना
अपना भाग्य खुद बदलना है।

शमशान घाट

वह जगह जहाँ चलता नहीं झूठ
वह जगह जहाँ चलता नहीं प्रपंच
वह जगह जहाँ चलती नहीं सिफारिश
वह जगह जहाँ चलता नहीं फरेब
संसार का वह पवित्र स्थान
रहता सबसे अलग
वंचना से दूर
लोभ से दूर
निर्मलता लिए
जनम मरण के शाश्वत संदेश को उपस्थित करते हुए
अहं से दूर, नश्वरता को लिए
निरंतर आवागमन को देखता
'शमशान घाट' देता संदेश अनश्वर
समझे 'वसुधैव कुटुम्बकम'
हो सबका हित।

माँ

संसार की जननी
व्यक्तित्व की जननी
व्यवहार की जननी
कर्म की जननी
कीर्ति की जननी
सदा भावमयी 'माँ'

क्या कहूँ महिमा का अपने मुख से
हूँ बहुत अदना सा प्राणी
कितनी असफलताओं पर साथ प्रेरणा स्रोत के रूप में
कभी अपने अंक में भरते
सर पर हाथ फेरते हुए
देह में हिम्मत का संचार करती माँ

क्या कहूँ तेरी कमी कितनी खलती है
आज प्रत्यक्ष नहीं तू साथ
लेकिन हमेशा तेरी परोक्ष अनुभूति
करती मेरा मार्गदर्शन
जब भी हतोत्साहित होता हूँ
करता तुझे याद हूँ
हे माँ कहाँ है तू
मेरी प्रेरणाओं की प्रतीक
मेरी आशाओं की प्रतीक
मेरी सफलताओं की साक्षी माँ'
मैं हर पल तुझे याद करता हूँ।

जीवन की राह

निकल पड़ता बेवक्त, बेपरवाह, बोझिल
दुर्गम पथ की ओर
न मंजिल, न राहें सिर्फ चलता रहता हूँ
मिलेगा मुकाम इसकी मुझे कामना है
कभी उम्मीद की किरण हठात दिख जाती है
और मैं अपने गंतव्य को करीब पाता हूँ
झिलमिलाता गंतव्य फिर ओझल हो जाता है
और मैं उसकी तलाश में पुनः चल पड़ता हूँ

राहों के अन्वेषी मिलते हैं पथ पर
खोजते मुकाम हर पल
कहते बस मिल ही गया
और फिर अन्वेषक निकल पड़ते पथ पर
अन्वेषण जीवन का कर्म है
न रुकना जीवन का धर्म है
थम जाते हैं जो जीवन में
मर जाते हैं वो जीवन में
न मरना है, न थकना है
बस अनथक आगे बढ़ना है
जो इस सत्य को अपनाते हैं
वो निरंतर सफलता पाते हैं।

मैं कवि नहीं हूँ

कविता लिखता नहीं हूँ
क्योंकि मैं कवि नहीं हूँ
कवियों ने देश को जगाया है
देश में फूल खिलाया है
नेताओं को पाठ पढ़ाया है
गिरतों को उठाया है
अनभिज्ञों को राह दिखाई है
बिगड़ी बात बनाई है।

देश का मान बढ़ाने में
शोषितों को बचाने में
श्वानों को आँख दिखाने में
कवि का कर्म निराला है
जिसने अपने कौशल से
क्या से क्या कर डाला है
कवि संसार का ब्रह्मा है
पालनकर्ता विष्णु है
जो किसी ने आँख दिखाई
संहार करता महादेव है
है इतने गुण कवियों में
है इतना धीर कवियों में
कवि नहीं है साधारण इंसान
वह है सर्जनात्मक भगवान।

नियति

कौन हो तुम?
हमेशा सबकी डांट फटकार सुनते
लताड़ सुनते
औरतों की गुहार सुनते
वंचितों की पुकार सुनते
पूंजीपतियों की दहाड़ सुनते
करते सबको सचेत
मुकुटों को गिराते हो
जयमाल को सुखाते हो
मृत्यु गीत गाते हो
चेतना को जगाते हो
क्षणभंगुरता को दर्शाते हो
न बच सका कोई तुमसे
करते निरंतर सजग।

पिता

माँ की कोख में नौ महीने रहकर
कष्ट झेलकर
जब बाहर आता है सलोना
तब उस खुशी का कोई ठिकाना नहीं,
क्योंकि वह अपना है बेगाना नहीं
रखूँ उसे हृदय से लगाकर सदा
ऐसा मन करता है,
और कुछ करने में दिल नहीं लगता है
अपना खून क्या इसे कहते हैं,
मोह के बंधन में हम सदा रहते हैं
बंधन ही सही बंधने को मन करता है,
और एक बार बच्चे बनने का मन करता है
कैसे मुस्कान बिखेरू उसके मुख पर
बस यही सोचते रहता हूँ,
अपने से ज्यादा मैं बस उसमें खोया रहता हूँ
वह है 'प्रखर' है उसका तेज निराला,
देखा उसने अपनी मुस्कान से चीर सीना सबका डाला
क्या करूँ मैं उसके लिए दिन रात सोचता रहता हूँ,
अहिर्निस सिर्फ भावनाओं में बहता रहता हूँ
पिता का है कितना महत्व है आज मैंने जाना,
है गुजर चुका इस पल से, उसी ने इसे पहचाना।

दया

दे दया का दान
फिर मैं तर गया
भाव मेरे मन का फिर हृदय में भर गया
हो गया ये जीवन पूर्णतन्मय
भर गया ये तन भावमय
मिलता है जिसको ये दान
बनता है वह कर्मवान
होकर निष्ठावान
देता सुख सबको
भेद भाव रहित
मन में रहे यह भाव कामना यही
जन जन का रहे स्वभाव प्रार्थना यही
भरकर यह भाव कर सकते संसार का सुमंगल।

गिरगिट

कौन तुम
गिरगिट !
रंग बदलते पल-पल
मनुज समान हर पल
देते धोखा सभी को
रखते दिल में कपट
एक दिन पकड़े जाओगे
उस दिन बड़ी मार खाओगे
अगर बचना है इस संसार में
तो करो बदलाव अपने व्यवहार में।

कोशिश

कोशिश करना चाहिए
आगे बढ़ना चाहिए
हो कहीं भी आशा चेष्टा करना चाहिए
थकना नहीं चाहिए
रुकना नहीं चाहिए
हो कितनी भी परेशानी
झुकना नहीं चाहिए

करना चाहिए नित्य दिन प्रयास
नहीं छोड़नी चाहिए कभी आस
मरता वो है जो जीने की आस छोड़ देता है
हारता वो है जो जीतने की आस छोड़ देता है

सफलता असफलता जग की आँख मिचौनी है
हुई असफलता चाहे फिर भी हिम्मत नहीं खोनी है
ले प्रण हम जीवन में सदा न हार का दुःख मनाएँगे
कोशिश करते जाएँगे, बस कोशिश करते जाएँगे।

इंतजार

हाँ मुझे इंतजार है प्यार का
इजहार का
इकरार का
लफ़्ज़ों में बयां ऐतबार का
हाँ मुझे इंतजार है प्यार का।

मिले वह हमसफर जिसका मुझे इंतजार है
जिसके साथ जीने को दिल बेकरार है
कब मुझे वह मिल जाये बस यही दुआ करता हूँ
जिसके अरमानों को दिल में लिया फिरता हूँ
बस दरकार है किसी करामात का
हाँ मुझे इंतजार है प्यार का।

मैं बेकरार हूँ उसके दीदार को
मै बेकरार हूँ उसके प्यार को
है आस मेरी मेरे सपने की
है तलाश मेरी मेरे अपने की
मुझे परवाह है उस दिलदार का
हाँ मुझे इंतजार है प्यार का।

जानता हूँ मैं कि मिलेगी वह
मानता हूँ मैं कि खिलेगी वह
है एहसास इस बात का
हाँ मुझे इंतजार है प्यार का।

खयाल आते ही डूब जाता हूँ मैं
बह कल्पनाओं में मुस्कुराता हूँ मैं
है दिलासा मुझे करतार का
हाँ मुझे इंतजार है प्यार का।

शांति

शांति की दरकार है
विश्व की यही पुकार है
हो सकल जग में अमन चैन
मनुज की यही गुहार है

न जग को चाहिए हालाहल
न जग को चाहिए कोलाहल
जग अमन को है बेकल
हो चतुर्दिक शान्ति सकल

है फैल रही लूट पाट
आतंक का खुला कपाट
दुराचार की बढ़ती गाँठ
होकर एक साथ
हम कर सकते हैं
शान्ति की सांठ गांठ।

अधिकार

गरीबों का उपजाया खाते हो
फिर भी उसको गरियाते हो
जनांदोलन के समय
कमरे में दुबके जाते हो
शायर कहकर तुम उसे
सहज आगे कर देते हो
सफल हुए यदि वे अगर
हक उनका तुम छीन लेते हो

है दूर नहीं वो दिन अगर हक उनका न लौटाओगे
है निश्चित ये अनागत में तुम जूता चप्पल खाओगे।

अँधेरा छाया है

घनघोर अंधेरा छाया है
लगता है कोई आया है
गहन अँधेरी रातों में
नीरव निःशब्द तम के पीछे
रव है किसी के आने की
शायद कहीं शोर है
लगता है वहाँ चोर है
आती है हर पल खनक
मन में है सनक
रात होती है चोरों की
जब तमस घना गहराता है
मन बेकल होता जाता है।

साँसों का मंत्र

साँसें चलती रहती हैं
बस इतना कहती रहती है
क्षणभंगुर है ये पल
सकल जग है एक छल

न इसमें रम न जाना तू
बन कर तटस्थ
कर कर्म समस्त
जग जीवन को सुखी बनाना है

कर कामना बस कर्म का
ले संकल्प धर्म का
विश्वास को लिए कर तल में
फैला प्रेम जगती तल में
चतुर्दिक करुणा फैलाना है।

आगे बढ़ता जाता हूँ

मैं भूखा हूँ
मैं प्यासा हूँ
खुद को तनहाइयों में फँसा हूँ

न राह दिखती है कहीं
न मंजिल मिलती हैं कहीं
है आगे बढ़ना धर्म सोचकर
बस पाँव बढ़ाता जाता हूँ
आगे बढ़ता जाता हूँ

उम्मीदों की बाँध गाँठ
आशाओं को करके साथ
हो धैर्यवान
बन दयावान
मुफलिसी का कारवां नया बनाता हूँ
आगे बढ़ता जाता हूँ।

आगे बढ़ते जाओ

बेख़ौफ़ आगे बढ़ो
किसी से न डरो
लड़ो अन्याय से
डरो करतार से
न रहो किसी पर आश्रित
करो खुद पर यकीन
मिल जाएगी जमीन

वक्त उनका होता है जो आगे देखते हैं
दिन उनका होता है जो निरंतर बहते हैं
क्या पाओगे तुम थककर
क्या करोगे तुम रुककर
रुकता वही है जो साँसों से थम जाता है
थकता वही है जो मर जाता है।

पैसा बोलता है

पैसा बोलता है
दिलों को जोड़ता है
मन को टटोलता है
बंधनों को खोलता है

कुछ बनाता है
कुछ बिगाड़ता है
कुछ अपनाता है
कुछ ठुकराता है

अमीरों का प्यारा है
गरीबों का सहारा है
जहाँ जाता है
पाँव फैलता है

अनेक के लिए भगवान है
ब्रह्मा विष्णु समान है
करता जग में राज है
क्या कल और क्या आज है

ये रहता जिसके पास है
करता वह जग में राज है
है गरिमा इसकी महान है
जगत में बस इसी का नाम है

ये हर देश की शान है
ये हर मजहब का प्यारा है
धर्मों की आंखों का तारा है
शोषित इसका मोहताज है
शोषक के सिर का ताज है।

तेरा साथ चाहिए

तेरा साथ चाहिए
एक बार नहीं
हर बार चाहिए
चाहिए मेहरबान
जो कि रिश्तों की कदर करे
चाहिए हमसफर
जो अपनो की फिक्र करे
आज नहीं तो कल वो मुझे मिलेगा
जिसे देख प्रेम का फूल दिल में खिलेगा
जिसे देख मेरा मन मुस्कुराएगा
पाकर जिसे जीवन खुशी से भर जाएगा।

आगे बढ़ता हूँ मैं

दर्द भरे गीत गाता हूँ
हर पल मुस्कुराता हूँ
आगे बढ़ता जाता हूँ
ठोकर अनेक खाता हूँ
दुनिया की सुनता जाता हूँ

हूँ संघर्षरत इसलिए मेरी बात न चलती है
मेरी बात सबको खलती है
कहते हैं जीतने वालों के तराने होते हैं
हारने वालों के बहाने होते हैं

तराने की तलाश करता हूँ मैं
दिन ब दिन आगे बढ़ता हूँ मैं।

हे प्रभु !

हे प्रभु !
मेरे अवगुण क्षमा करो
मैं अज्ञानी अजान पथिक
भक्ति रहित, बलविहीन,
निकृष्ट चक्षु, कुटिल बुद्धि,
दया हीन, अर्थहीन, कामहीन, धर्महीन
अबूझ मार्ग पर बढ़ता अन्वेषक,
लक्ष्य नहीं उद्देश्य नहीं
निराकार साकार के बंधन से परे
विषाद और वेदना से परिपूर्ण हृदय में
हर पल कुछ नया करने की सनक में
अंतरात्मा को कष्ट देता मेरा मन,
कुंठित हृदय कुंठित विचार और कुंठित सपने का
बोझ ढोते नेत्र की व्यथा,
इन अवगुणों को अपने अंतर्मन में
समेटे बोझिल जिंदगी का वह प्रासंगिक सच,
जब अपने कर्णधार के सामीप्य लाभ का अनुभव नहीं कर पाया।
प्रभु भक्ति के लिए समर्पण जरूरी है,
क्या इस अकर्मण्य प्राणी के लिए
नर्क में कोई जगह है?

स्वार्थ

स्वार्थी मनुष्यों के स्वार्थी है काम
देकर दूसरों को काम करते हैं आराम
अंतरात्मा को मारकर बनते हैं बेजान,
अधिकार छीन कर दूसरों का करते काम तमाम ।

समाज के ये हैं हालाहल,इन्हें पीनेवाला नीलकंठ नहीं,
अगर मिले कहीं नीलकंठ उन्हें तो उनसे भी इनको शर्म नहीं

अपना उल्लू सीधा कर के एक कोने में छिप जाते हैं,
अवसर मिलने पर ये बेझुका अपनी माँ को बेचकर खाते हैं

सावधान मनुज ! इन भेड़ियों से अपने को बचाना होगा,
ना हो शिकार इन धूर्तों का जन-जन को राह दिखाना होगा ।

कुर्सी

मैं हूँ बड़ी
मैं हूँ विशाल
मैं ही तलवार, मैं ही ढाल
मुझसे ही प्रेम,
मुझसे ही बवाल
मैं ही देती चिंता,
मैं ही चलाती सुकून की बयार

देश दुनिया के मुझसे कई है सवाल,
जवाब पाने की आशा में हो जाते हैं कंगाल
'मैं' हूँ जब तक, तब तक ही हो तुम,
'मैं' और 'तुम' के बस इस पार्थक्य में
जग हो जाता निढाल।

शिखर की ओर

बेजान पैर, अधीर चित्त नित,
बढ़ता शिखर की ओर
दुर्गंध घाटी पर अनिद्य सौरभ को निहारता,
'ललचाता' बढ़ता जाता शिखर की ओर
पथरीले अवरुद्ध मार्ग, अवसाद चिह्न बिखेरता,
चला जाता शिखर की ओर
सिहरते चितवन को धीर-वीर-गंभीर बनाता,
मुस्कुराता जाता शिखर की ओर
कालरात्रि के तममें आस, आलोक जलाता,
मदमाता जाता शिखर की ओर
उर्जित नेत्रों में, अगम पथ की कल्पना लिए,
जर्जर तन का भार उठाता, जाता शिखर की ओर
आनृत जगत के विकारों को तज,
आपापंथी जाता शिखर की ओर।

पर दुःखकातरता

जग में दुखों का क्रम है,
जो साथ है वही हमदम है
सुख के पल होते हैं कोमल,
दुख के क्षण होते हैं बोझल
जो रहता सुख के क्षणों में साथ,
वही कहलाता है परवरदिगार।

परहित की चिंता, परहित का विचार,
परहित पर भरोसा परहित का विकास,
करवाता एकता के सूत्र का एहसास
इस नील विशाल गगन में,
दुख की छाया विविध ओर,
सुख की बयार मंद छोर,
है पीर वही जो फैलाता अनुराग चतुर्दिक

सुख दुख है आँख मिचौली का खेल,
दुख दावाग्नि का विशद मेल,
है घनश्याम वही जो करता इस अनल को शांत
यही है धरा का संदेश,
मिटा क्लेश और विद्वेष,
रखे हृदय में प्रेमावेश।

बरसात की एक शाम

रिमझिम रिमझिम सावन की बूँदें,
पड़ती धरती पर
करती मन को,
बेकल बिकल चंचल।

पंक उड़ाती मोटरों की घर्र-घर्र की ध्वनि,
करती चित्त को,
विह्वल
नदी बनने की आस में,
नाले का घरघराता उन्माद स्वर
झीन-महीन कोहरे पर,
सरपट दौड़ती रेल,
कराती यात्रियों में मेल
दादुरों की टर्र-टर्र,
बादलों की झर्र-झर्र,
हवाओं की सर्र-सर्र
करती दिलों में मर्र-मर्र
मदमाती संध्या में,
बरसात की यह ध्वनि,
प्रस्फुटित करती हृदय में,
प्रेम की स्रोतस्विनी।

कलम

कलम की चाल,
करती कमाल,
मचाती धमाल,
उठाती सवाल
निकल आता मलाल,
होती हड़ताल,
चतुर्दिक बवाल,
नहीं किसी का ख्याल
आपातकाल,
बनके करापाल,
उठाती कुदाल,
मिटाती आलजाल,
रूप कराल,
लाती उबाल,
फोड़ती कपाल,
बनती कुलाल
लेके करताल,
रखकर ख्याल,
उधेड़ती खाल,
काटती जंजाल
जीवन निढाल,
भरती उताल,
आता उछाल,
बनके करताल।

सपने

एक छोटी सी बच्ची के हो गए सपने साकार,
और देश में मच गई हाहाकार,
उसके सपने ना सिर्फ उसका कहना था,
बल्कि उसके साथ सारे संसार का बहना था।

उसके सपने ना सिर्फ आंसुओं के बिछौने थे,
बल्कि टूटते हुए जनतंत्र के बिखरे हुए खिलौनेथे
ऊँची अट्टालिकाएँ गिर गई अभिमान से,
नीचे कुकुरमुत्ते खड़े थे सीना तान के।

कोशिश करने पर भी सपना नहीं टूटा,
जैसे सांप मर गया और डंडा नहीं टूटा
सपने सच होते हैं हौसलों की कोशिश से
बहिश्त बनते हैं विचारों की मजलिस।

अँधेरी रोशनी

मंजिलें न मिली
राहें न मिली
अपने न मिले
सपने न मिले
प्यारा न मिला
सहारा न मिला
कल्पना न मिली
अल्पना न मिली
शख्स न मिले
अश्क़ न मिले
मार न मिली
पुचकार न मिली
धूप न मिली
छाँव न मिली
मान न मिला
सम्मान न मिला
कवि न मिला
कविता न मिली
हाथ न मिला
साथ न मिला
मुनिया न मिली
दुनिया न मिली
साधना न मिली

आराधना न मिली
मिली सिर्फ गहन गंभीर अँधेरी रोशनी
उजालों को खाती
बेपरवाह बही जाती।

अवस्था खराब है

अवस्था खराब है
समाज में फैली अच्छाइयों पर पड़ती दरार है
अवस्था खराब है
दिन दिन दो वर्गों के बीच खिंचती दीवार है
अवस्था खराब है
नेताओं के नजरिए से छाई बहार है,

चारों ओर मौसम की खुमार है
कवि बीमार है
क्योंकि अवस्था खराब है
गया दिन आई रात
रात की अलसाई बात
बात में कोई व्याघात है
अवस्था खराब है

सोचते सोचते कितने सपने जलने का मलाल है,
क्योंकि अवस्था खराब है।

खेलो बबुआ

खेलो बबुआ खेलो
न डरो, न रुको, न झुको, न थको
करो वही जो दिल करे
कहो वही जो मन करें
अरि के लिए सुवाडवाग्नि बनो
शत्रु के लिए वड़वाग्नि बनो
इतिहास रचकर कहानी बनो
कवि की जुबानी बनो

विजय की दिव्य आरती फेरो
शत्रु को उनके घर में घेरो
हवा के रुख को पहचानो
सरिता के मुख को पहचानो
कहो कि हम जीतेंगे
कहो कि हम पीटेंगे
मिटेंगे नहीं मिटा देंगे
झुकेंगे नहीं झुका देंगे

आन की रक्षा के लिए मर मिटना शान है
एक सच्चे खिलाड़ी की यही पहचान है।

समय की पुकार

हो रहा मनुज काल कवलित,
नहीं रहा उसे दिशा का ज्ञान,
रह मौन निहारता अनाचार,
करता रहा दुराचार,
रख स्वार्थमंडित हृदय,
सोता रहा अहर्निश है
है समय की पुकार यही
करे नित्य काज अनथक
रहे सर्वदा प्रयासरत
होगी धरा स्वर्णमयी।

क्या कहना है

कहो क्या कहना है
बिन तेरे नहीं रहना है
बस तुझसे यह कहना है
हमदम तुम संग रहना है

न तुझसे कुछ चाहता हूँ
न तुमसे कुछ माँगता हूँ
अकेला हूँ इस दुनिया में
एक सहचर तलाशता हूँ

मैं तनहा हूँ अकेला हूँ
न नींद है आँखों में तेरे सपने में खोया हूँ
हाँ तेरे स्नेह को अपने दिल में पिरोया है
तमन्ना यही है बस एक ही उम्मीद
आओगी मेरे पास, बन मेरी तकदीर।

आत्मनिवेदन

आवश्यकता है मुझे तेरे एहसास की
तेरी बात की तेरी सौगात की
हमदम है तू ये मैं जानता हूँ
अपने से ज्यादा तुझे पहचानता हूँ

मरता मैं तेरे लिए, लेकिन मर न सका
और मैं कुछ ज्यादा कर न सका
अश्कों में प्रेम है तेरे लिए
लफ़्ज़ों में स्नेह है तेरे लिए

अनुराग की कसौटी पर तुझे खरा पाया
एकांत जीवन में तेरा कोमल साया
न ईर्ष्या किसी से न किसी से द्वेष
आने से तेरे जीवन में मिटे इस दिल के क्लेश

अब यही तमन्ना है मेरी न जा तू मुझसे दूर
इस मगरूर संसार में होकर क्रूर।

चलो फिर तन्हाई की ओर

चलो फिर तन्हाई की ओर
जिसका ना कोई ओर न कोई छोर
दिल जाता झकझोर

चलो फिर तन्हाई की ओर
आह्लाद से भरे इस मन में
जिंदगी मचाती शोर
कवि बन जाता चितचोर

चलो फिर तन्हाई की ओर
रंग भरे इस मौसम में
प्रेयसी से मिलने की चाहत में
हो जाता मन मदहोश

चलो फिर तन्हाई की ओर
दिल को छू लेने वाली तान
मन में उमड़ता ऊफान
कवि की कोकिल कंठील बान
चलो फिर तन्हाई की ओर।

रिश्ते

रिश्तों की मर्यादा रखनी चाहिए
दिल से दिल मिलने चाहिए
प्यार तो प्यार है प्यारे
बस हमदम साथ में रहना चाहिए

रिश्ते अटूट होते हैं
कुविचारों से दूर होते हैं
संतोष से भरपूर होते हैं
वेदना से चूर होते हैं

रिश्ते की साख रखनी चाहिए
रिश्तों का सम्मान रखना चाहिए
रिश्ते के जज्बात रखने चाहिए
रिश्ते के अल्फाज रखने चाहिए

करो रिश्तों का आदर
ओढ़कर वफ़ा की चादर
बन जाएगा जीवन कामगर
बढ़ जाएगा मान चिरंतन।

बदरा

उमड़ उमड़ आए बदरा
घुमड़ घुमड़ छाए बदरा
लहर लहर लहराए बदरा
मंद मंद मुस्काए बदरा

जी ललचाए बदरा
पास बुलाए बदरा
मन मचलाये बदरा
राग सुनाए बदरा
अनल भभकाये बदरा
अनिल जगाए बदरा
केलि कराए बदरा
मेली कराए बदरा
झिमिर झिमिर झिमिर झिमिर
जिया तरसाए बदरा।

सोचता हूँ कुछ लिख लूँ

सोचता हूँ कुछ लिख लूँ
दिल की तकलीफों को शब्दों में भर लूँ
चाहता था बहुत कुछ लिखना
लिख के बोझ को कम करना
लेकिन शब्द नहीं देते साथ
मन हो जाता उदास
उदास मन की तकलीफ लिए
फिरता इधर-उधर बेचैन
ताकि मिल जाए कुछ सुख चैन
सुकून की तलाश में शब्दों के बंधन को पकड़
चला जाता क्षितिज के पार
धुँधले सपने की ओर
तब बन जाता एक छंद
अर्थ की उपादेयता के साथ।

कुछ कर नहीं पा रहा हूँ

क्या करूँ कुछ कर नहीं पा रहा हूँ
बिन करे रह भी नहीं पा रहा हूँ
सोचता हूँ कुछ काम जबरदस्ती अपनाने का
लेकिन अपने को उस ओर कर भी नहीं पा रहा हूँ,

जिंदगी की राह इतनी पेचीदा है
कि घड़ी भर साँस भी चैन से नहीं ले पा रहा हूँ
हँसते हैं लोग मुझे ऐसे देखकर
लेकिन समय के साथ बह नहीं पा रहा

कहते हैं 'बहता पानी निर्मला'
लेकिन इस जीवन की मैल नहीं त्याग पा रहा हूँ
आवश्यकता है मुझे किसी अपने की
क्योंकि अपने पर विश्वास में रख नहीं पा रहा हूँ
आस है मुझे आपसे क्योंकि
जिंदगी का पाठ मैं पढ़ नहीं पा रहा हूँ।

मैंने मुस्कुराना सीख लिया है

जी हाँ मैं मुस्कुराता रहता हूँ
कुछ गाता रहता हूँ
कुछ कहते रहता हूँ
जिसका ना कोई अर्थ है, ना अनर्थ है
फिर भी मुस्कुराता हूँ

वह मुस्कुराहट किसी काम की नहीं
मैं जानता हूँ,
क्योंकि उसका कोई मूल्य नहीं है
मूल्य तो आज किसी बात का नहीं
लेकिन मुस्कुराहट आ ही जाती है

मैं अपनी हरकतों से बाज नहीं आता
और दुनिया अपनी चतुराई से बाज नहीं आती
लीक पर चलती दुनिया उसी को सही कहती है
जो लीक पथ पर सरपट दौड़ता है
लेकिन मैं मुस्कुराते हुए अनिर्मित पथ पर चलता हूँ
इसलिए हारा हुआ, ठगा सा लगता हूँ
औरों से मुझे कोई लेना देना नहीं है
क्योंकि
मैंने मुस्कुराना सीख लिया है।

यायावर हूँ मैं

यायावर हूँ मैं
घूमता फिरता इधर उधर
लक्ष्य, उम्मीदों की तलाश करता
यायावर हूँ मैं
मिल जाएगी कहीं मुझे मंजिल
इसका है एहसास मुझे
करता रहता अन्वेषण है इसका आभास मुझे
है दुनिया उसकी जिसको मिला लक्ष्य
कहीं जिसको मिली राह
कहीं जिसको मिला सौभाग्य
देश देशांतर का भ्रमण करता तलाशता
वह राह
जिसकी कल्पना है मुझे
जिसकी भावना है मुझे
हर पल नए चेहरे
हर पल नई कल्पनाएं
हर पल नई उम्मीदें
अनजान क्षितिज की ओर बढ़ते
उम्मीदों का दामन थामे
पथ की ओर आगे बढ़ते
अमर पथ से नापते इस धरती को
यायावर हूँ मैं
बढ़ता जाता उन्मादों के साथ।

कब आओगी तुम

कब आओगी तुम ?
शर्माते लजाते अपने कोमल भाव को समेटे
मेरे पास अपलक
तुम्हारे नैनों के जादू को अपने पलकों में बसा
कब से बैठा मेरा यह मन
तुम्हारी प्रतीक्षा की आस में
तुम्हारे दीदार में खोए चितवन की तलाश में
कब आओगी तुम

तुम्हारे आने से इस जीवन में बाहर होगी
चंचल मन की फुहार होगी
प्रकृति में बाहर होगी
कब आओगी तुम

यह मैं जानता हूँ
आज नहीं तो कल तुम्हें आना होगा
प्रकृति के साथ अपना मेल कराना होगा
मुक्तावस्था प्रकृति जिसकी शरण में आने से
सारे क्लेश दर्द समाप्त हो जाते हैं
हृदय की गाँठें खुल जाती हैं
मनुष्य का प्रेम जग जाता है
और जग जगमग हो जाता है
इसी स्थान पर तुम्हें लहराना होगा

हाँ तुम्हें आना होगा
पूछता हूँ मैं चतुर्दिक हवाओं से
पूछता हूँ मैं इन घटाओं से
पूछता हूँ मैं इन मदमस्त फिजाओं से
कब आओगी तुम।

समाज-द्रोही

जरूरत से ज्यादा कुछ मिलता नहीं है
किस्मत के आगे कुछ फलता नहीं है
कहते हैं मजबूरी का नाम महात्मा गांधी है
किंतु गांधी के विचारों से कोई चलता नहीं हैं
कहते हैं अपने को राजा हरिश्चंद्र की औलाद
औलाद ये अपने सगे बाप के भी होते नहीं है

होते हैं वे देश के दुश्मन
समाज के दुश्मन
परिवार के दुश्मन
भाईचारे के दुश्मन
ऐसे दुश्मनों के दिल होते नहीं हैं
होते हैं बेईमान,
पद, पावर होता है जिनके पास
भटकते रहते हैं उन्हीं के आस-पास।
पैसे को करते हैं हर वक्त सलाम
बन जाते हैं उसी के गुलाम
घिन मुझे इन बिन पेंदी के लोटे से
खाएंगे एक दिन ये मार संसार के जूते से।

राग

कल्पनाओं की उड़ान बन,
भावनाओं की मिसाल बन,
हर दिल को छू लेने वाला एहसास बन,
बन हवा कर दे सबको मदहोश
बन घटा छा जा गगन में।

बरसा बादल
तरसते किसानों की झोली में
जो बिलखते वर्ष भर
सावन की झड़ी लगाता जा,
मदमस्त होकर गाता जा,
चलता जा अनिर्मित राहों में,
बन के मुसाफिर।

शुरुआत आज करना है,
निर्माण कहीं करना है,
आस लगाए हैं तुझसे जो
ना निराश कर तू उसको
उम्मीद है तू
संगीत है तू
हरपल गाता गीत है तू
पाता है तेरा अमर-राग
हो जाता जिससे अनुराग।

किताबी कीड़े

किताबों की दुनिया में डूबे
ना सोते न जागते
दिन भर टर्र टर्र टर्र
किताबों की दुनिया में खोए
ये किताबी कीड़े
सोचता हूँ कि परीक्षा ले लूँ,
क्या इन्हें कुछ आता है?
दौड़ती भागती जिंदगी में
जहाँ सब कुछ अनुभवों पर आधारित है,
किताब पर लिखी पंक्तियों पर नहीं
उस युग में ये किताबी कीड़े
कैसे अपने अस्तित्व को बचा पाएंगे?
सोचता हूँ कि परीक्षा ले लूँ
इनकी आँखें खोल दो
इनका चश्मा उतार दो
चश्मा तो शिक्षा के बड़े-बड़े अधिकारियों को बदलना चाहिए
किताबों की दुनिया के बाहर
एक भूखी प्यासी अर्धनग्न जिंदगी है
जिसका परिचय ना इन किताबी कीड़ों को है
ना एहसास है
लेकिन ये दुनिया इतनी बेरंग और दर्दनाक है
कि किताबी शिक्षा से इसका कोई सरोकार नहीं,
सोचता हूँ कि परीक्षा ले लूँ
पूछूंगा इनसेकि क्या तुम इस दुनिया के लिए कुछ कर सकते हो?
क्या तुम इस दुनिया के लिए कुछ नया बना सकते हो?
क्या तुम इस दुनिया को बदल सकते हो?
मैं जानता हूँ

इन प्रश्नों का उनके पास कोई उत्तर नहीं होगा
यह मैं जानता हूँ
क्योंकि इस चरमराती शिक्षा पद्धति में
जहाँ ज्ञान देने वाले ही नौसिखए,
नालायक और एक अदद पूँछ की तलाश वाले लोग
जिनका काम शिक्षा देना नहीं बल्कि,
संस्थानों में जाकर बड़ी बड़ी बातें करना,
चुगली करना,
एक दूसरे की बुराई करना,
आदि मकसद को लेकर फिरते ये ढोंगी लोग
शिक्षा का विकास कैसे करेंगे ?
सोचता हूँ पूछूँ इन किताबी कीड़ों से
कि तुम इनसे क्या पाए?
क्या अपनाए?
लेकिन मैं जानता हूँ
इन प्रश्नों का भी उनके पास कोई उत्तर नहीं होगा
क्योंकि वे इस भ्रष्ट शिक्षा पद्धति के शिकार हैं
यह मैं जानता हूँ।
और इस शिक्षा पद्धति को बदलने के लिए
सबसे पहले इन भ्रष्ट शिक्षा के दलालों को बदलना होगा
तब जाकर ये किताबी कीड़े तैयार नहीं होंगे
समाज और देशशिक्षा के सही माइनों को समझ सकेगा।

अमीरी

बड़े लोगों की बड़ी बातें
अमीरी शौक, अमीरी चस्का
गरीबों को देखना उनके शान के खिलाफ,
पड़ता जब काम करते हैं उन्हीं को याद
है रंग बदलते भेड़िये
नहीं लगती इनको देर
इनके सामने गिरगिट भी हो जाते फेल
है ना कोई गुण इनमें
खोखले है ये,
देखकर इनको लगता है
पक्के दोगले हैं ये
इनको देखकर शर्म भी शर्माती है
और कहीं जाकर दुबके कहीं छुप जाती है
जाति, समाज से दूर
राक्षस है ये,
समाज को जो खाए भक्षक हैं ये
है न देश से कोई प्रेम,
न समाज से कोई मेल,
अपना स्वार्थ पूरा करने के लिए
खेल सकते कुछ भी ये खेल
हैं धरती के बोझ
धरती से इन्हें मिटाना होगा
तोड़कर इनका अहंकार
साम्यवाद लाना होगा।

कुछ करना है

कुछ करना है
कुछ करना है
जीवन में आगे बढ़ना है
लड़ना है
मुझको लड़ना है
असफलताओं से मुझे लड़ना है
है आगे बढ़ते जाना है
पीछे वालों को राह दिखाना है
रुकना नहीं है मुझको
बेखौफ आगे बढ़ना है
हो रास्ते में कितनी भी उलझन
मुझको उनसे नहीं डरना है।
है बहादुर वही
जो संकटों में आगे बढ़ते हैं
नाम उन्हीं का होता है
जो सपने साकार करते हैं
चींटी, मकड़ी के कई उदाहरण
भरे पड़े हैंजीवन में,
करके उनका अनुसरण
भर सकते हैं खुशी
जीवन के उपवन में।

कवि और कविता

कवि को कविता का सहारा मिला
जैसे बूढ़े को वैशाखी का सहारा मिला है
व्यक्त करना उसको
अपने जीवन में बहुत से अनुभवों को,
कविता करती है साकार
कवि की उर्जा
कवि की शक्ति
कवि का तेज
कविता करती है
उसे सचेत
बढ़ती जाती कवि की दृष्टि,
तीक्ष्ण होती उसकी दृष्टि
कवि का है कविता से कुछ ऐसा नाता
जैसे शब्दों का अर्थों से नाता
कविता कवि को सही राह दिखाएं,
कविता कवि को कर्म सिखाये,
कविता कवि को धर्म बताए
दुनिया बनी कविता से
प्रकृति सजी कविता से
कवि के योगदान को
भुलाया नहीं जा सकता
बिन सावन खेत सजाया नहीं जा सकता।
कवि से कविता है,
कविता से कवि है,
दोनों के संबंधों से बनी यह सृष्टि है
जग जैसे -जैसे आगे बढ़ता जाता है,
दोनों का योगदान बढ़ता जाता है।

परिंदे

उड़ते जाते मस्त गगन में
अभय बेपरवाह परिंदे
नापते अपने पंखों से,
पूरे जग को
पेड़ों, नदियों, तालाबों, जंगलों, भवनों, उपवनों
आदि को नापते
इनके पर,
नापते पूरे आकाश को
अलमस्त विचरण करते
सीख देते मानव को निरंतर बहने का।
भोर होते निकल पड़ते
अपने कर्म की ओर
सांझ होते लौट आते अपने आशियानों की ओर
निहारते अपने बच्चों को
एक अलौकिक सुख की अनुभूति लिए हुए।
है निर्माण कार्य में लगे रहते दिन भर
ना रुकते न थकते
निरंतर आगे बढ़ते रहते
ये परिंदे सीख देते जीवन के धर्म का,
आगे बढ़ने का,
लक्ष्य को पाने का,
जीवन संवारने का।
न रुकना,
न थकना,
निरंतर आगे बढ़ना,
यही है परिंदे का संदेश।

पैंतरे

जाने कब बदलेंगे पैतरे
मनुष्य, जानवर, परिन्दे
सबके अपने अपने पैतरे
खिलखिलाती मुनिया का अपना पैतरा
मेरी गाय चुनिया का भी अपना पैतरा
स्वार्थी नेताओं का अपना पैतरा
देश की जनताओं का अपना पैतरा
कोई नहीं जानता कब क्या होगा
कोई नहीं जानता किसके हक में होगा
बदलते मौसम के पैतरे
उलझा है हर प्राणी
मुखौटों को देखकर
खीझला है हर प्राणी रंग बदलते पैतरे को देखकर
न रहा किसी पर भरोसा
न रहा किसी पर विश्वास
देखकर पैतरे की भरमार
दिलों में लगती आग।
समझदार जीवों के
षड्यंत्रकारी पैतरे
करते कितनी उम्मीदों का नाश
समाज का विनाश
परिवार का विनाश
यदि बाज न आए
हम इन पैतरे से,
नहीं बचा सकते हम देश को
इसके खतरे से।

सम्मान

सम्मान न मिला जीवन में
वरदान न मिला जीवन में
जिस - जिस से करी सम्मान की आस
उसी ने किया जीवन उदास
दोस्तों ने,
रिश्तेदारों ने,
पड़ोसी ने,
घरवालों ने,
कहाँ-कहाँ नहीं भटका इसे पाने की आस में
हर जगह ही लटका नाकामी के उल्लास में
बड़े-बड़े समारोहों गोष्ठियों के लगाए चक्कर मैंने
सम्मान की चाह में बहाये पसीने मैंने
कइयों को मिले सम्मान को देखकर होता था मैं बेकल
मिले मुझे भी सम्मान करता था प्रयासहर पल
हर जगह सम्मान पाने वालों की लगी है दौड़,
चारों ओर मची है होड़,
कहीं मिलता पैसे से सम्मान
कहीं जुगाड़ से 'श्रीमान'
फोटो खिंचाते दिखते हैं कितने प्यारे,
मगर अंदर से खोखले हैं सारे
अर्द्धशिक्षित समाज में बनते हैं जेंटलमैन,
बनाते कितने अपने फैन,
लेकिन आते हैं जब शिक्षितों के बीच

उबल पड़ती इनकी खीझ
नहीं काम करती इनकी कोई भी तरकीब
झेलने पड़ते हैं अपमानों के तीर
यदि चाहिए जीवन में तुम्हें सच्चा सम्मान,
न करो ऐसा ओछा काम,
गिर जाओगे अपनी ही नजरों से,
धूमिल हो जाएगी, तुम्हारी खुद की मुस्कान।

अधूरी आजादी

आजादी का 72 वां साल
कहीं भूख कहीं बुरा हाल
देश की जनता बेहाल
हर जगह यही है बवाल
क्षुधित, तृषित, वासरहित
जनता का कौन करेगा ख्याल
सबकी उंगली एक तरफ
सबकी दृष्टि एक तरफ
सबकी उम्मीदें एक तरफ
हर का विश्वास एक तरफ
ना कोई उत्तर
ना कोई ख्याल
बस चतुर्दिक यही है मलाल
बनती कितनी योजनाएं
कितनी ही नीतियों का जंजाल
न काम आती नीतियां
न काम आती योजनाएं
बस सांत्वनाओं का जाल
न होगा इससे कुछ सब ये जानते हैं
अपने को ठगा हुआ वे मानते हैं
आजादी के बाद भी वे गुलाम रहे
अपने ही देश में मेहमान रहे
न मिला उनको अधिकार

न मिली उनको खुशी
रह गए वंचित
दिल में रख उम्मीदों की हँसी
बंट गई आजादी दो वर्गों में
मिट गई स्वतंत्रता खोखले आदर्शों में
एक वर्ग का फैलता गया यश और नाम
एक वर्ग समाज में रह गया गुमनाम
क्या होगा ऐसी अधूरी आजादी का,
न दे पाए सबको न्यास
बस रह जाये दर्ज किताबों में,
न पूरी कर पाए किसी की आस।

नीरसता से सरसता की ओर

कभी निराश जब होता हूँ
भूतकाल में झांकता हूँ
भविष्य की चिंता करता हूँ
वर्तमान बोझिल लगता है
हर काम बोझिल लगता है
लगती है ये जिंदगी नीरस
हो जाता हूँ मैं बेबस

जिस काम को करता हूँ होकर तत्पर
हो जाता है बेअसर
न भाव काम करते हैं
न विचार साथ देते हैं
कल्पना मुँह फेर लेती है
रिक्तता घेर लेती है
काफी असहज महसूस करता हूँ तब
काफी असहाय बन जाता हूँ तब

करता हूँ कई प्रयत्न
लेकिन हो जाता हूँ बेदम
एकाग्रता देती नहीं साथ
मन स्थिर नहीं हो पाता, न मिलता कोई पाथ
ऊब की थकन करती बेकल
करता हर साथ बोझल

तन्हाई लगती प्यारी मुझको
एकांत केवल भाता मुझको
तब याद कर कुछ सुनहले पल
फिर मुस्करा लेता हूँ
इस विषाक्त बोझिल पल की
वेदना को कुछ भुला लेता हूँ।

संवेदनहीनता

संवेदना रहित समाज है,
यहाँ किसी को ना किसी से कोई काम है
सब रहते अपने अपने अहम में,
कहते हम सब रहते समान हैं
हे मर चुकी इनकी इंसानियत,
ना रहे इनमें मानवता के गुण,
देते दूसरों को धोखा,
यदि पा जाए जीवन में अवसर
शौक है इनका चालबाजी,
ना चिंता इन्हें परिवार की,
ना चिंता इन्हें समाज,
देश को यह भुला दिए,
अर्थ लोलुप में अपने को डूबा दिए
रहता हूँ इनसे दूर मैं सौ कोस,
बात करता हूँ इनसे मैं पूरे होश
कब घोप दे छूरा पीठ में,
रहता हूँ सचेत हर पल मैं
व्यक्ति ही व्यक्ति का सहारा होता है
मुसीबत में जान से प्यारा होता है
लेकिन ये समाज के लोग इसे पहचानते नहीं
अपने से ज्यादा किसी को मानते नहीं
मिट जाएंगे अपना अहं लेकर
इस सत्य को वे स्वीकारते नहीं
करें भाई चारे का निर्वाह
फैलाए एकता की बयार
रहे एक साथ सब मिलकर
छाये खुशी की बहार।

फरियाद

क्या करूँ स्थिर नहीं हूँ,
मन बहकता है,
जीवन तरसता है
न ठंडी छाँव,
न जिंदगी का सुकुन,
सब जगह खामोशी
वेदनाओं से भरे इस जगत में,
मैं अकेला 'लघु मानव',
दीन हीन लाचार,
बेसहारा, बेरंग,
किसी को नहीं मुझसे हमदर्दी,
बस दिखता है सबको अपना अपना काम
बन जाए उनका काम
यही मैं चाहता हूँ,
अपने से ज्यादा उनके कामों में,
मन लगाता हूँ
एहसान माने मेरा
इसकी मुझे आस नहीं,
अपनी बड़ाई की
कभी मुझे तलाश नहीं
आशा करता हूँ
सध जाए सबका अर्थ मुझसे,
फरियाद है यही
न गिला करे कोई मुझसे
लोग मुझसे ऐसी आशाएं लगाए रखे,
ईश्वर सबको खुशहाल बनाये रखे।

'मैं' को मिटाना होगा

मैं 'मैं' को त्यागुंगा
जीवन सवारूँगा,
खुद को निखारूँगा
वक्तित्व बनाऊँगा,
मन को मिलाऊँगा
आगे बढ़ूंगा,
हर पल चलूंगा,
उफ़ न करूँगा
न कभी भी हारूँगा,
अहं को खुद ही मारूँगा
आस है सफलता की सौगात मिलेगी,
इन उम्मीदों को धार अवश्य मिलेगी
मन में चाहत का फूल अवश्य खिलेगा,
बिछड़ा साथी जरूर मिलेगा
ये सब होगा, किंतु मैं को मिटाना होगा,
अपने व्यक्तित्व को और निखारना होगा।

हमारी सरकार होनी चाहिए

पाँच साल बीत गए
चुनाव आया है,
अपने साथ घोषणाओं की
बाढ़ लाया है
भूखोंको अन्न मिलेगा,
प्यासों को जल मिलेगा,
निराश्रयों को आश्रय मिलेगा,
देश में रोजगार होगा,
न कहीं कोई बेकार होगा
शिक्षा के लिए कर्ज मिलेगा,
गरीबों का नाम दर्ज मिलेगा
किसानों को लाभ मिलेगा,
न भूख से वो मरेगा
हर जगह बिजली चमकेगी,
अँधेरे की कमी खलेगी
आपके लिए योजना जरूरी है,
हमारे साथ आपका मिलना जरूरी है
मिलकर करेंगे देश का विकास,
लगायेंगे अनेक उद्योग,
भगाएंगे देश से बेकारी का रोग
लाएंगे देश में पूंजी निवेश,
देश का नाम होगा विशेष
ये सब होगा किन्तु हमारी दरकार होनी चाहिए,
देश में सिर्फ हमारी सरकार होनी चाहिए।

जीवन का संदेश

चिता की आग जल गई,
मनुष्य की इच्छा मर गई,
न रहा घर,
न रही जमीन,
न रिश्ते,
न नाते,
न सुत, न बनिता
सिर्फ चार कांधों का सहारा लिए,
कुछ लकड़ियों का बोझ उठाये,
निकल पड़ते एक नए सफर की ओर,
अनजान, बेफिक्र, बेपरवाह
सिर्फ अपने कर्मों की पहचान पीछे छोड़कर,
निकल पड़ते एक नए सफर की ओर,
भौतिक सुखों को सच्चा सुख मानने वाले लोग,
खुशियों को अर्थ में तोलने वाले लोग,
भूल जाते जीवन का संदेश,
न जाता कुछ साथ में,
पंचतत्व देह मिल जाता खाक में
कमाओ जगत में भरोसा और विश्वास,
न तोड़ो किसी की आस,
ससामर्थ्य करो मदद सबकी,
यही संदेश देती है ये धरती।

मैं मान तुमको दूँगा

मैं मान तुमको दूँगा,
सम्मान तुमको दूँगा,
करो तुम जग का भला,
ईनाम तुमको दूँगा
न करो किसी से ईर्ष्या,
न रखो किसी से द्वेष,
करो प्यार तुम सबसे,
वो अहसास तुमको दूँगा
तुम चाहोगे तो हरपल मुस्कुराओगे,
फिर झूमकर खुशी के गीत गाओगे,
न पालकर क्रोध अपना दिल जलाओगे,
वो करुणा का भाव तुम्हारे मन में घोलूँगा
तुम सोच लोगे तो ये काम सध जाएगा
ये देख तुम्हारा मन भी खिल जाएगा
चिंता और वेदना से पा जाओगे निजात तुम
वो विश्वबंधुत्व का राग तुम्हारे शिराओं में भर दूँगा।

वसंत आने वाला है

वसंत आने वाला है,
अपने साथ ढेर सारी खुशियाँ लाने वाला है
जगह जगह होंगे वृक्षों पर नए पात,
कलियाँ, कोमल पुष्प की महक की भरमार,
आएगा बसंत अपने साथ उल्लास लेकर,
चारों ओर मस्ती की फुहार लेकर,
आएगा, मन भाएगा,
प्रेमियों का उत्साह बढ़ाएगा,
जग में एक नई ताजगी का प्रवाह होगा,
मौज में झूमते पक्षियों का भी कलरव होगा।

www.ingramcontent.com/pod-product-compliance
Lightning Source LLC
LaVergne TN
LVHW100603051026
849519LV00003B/1064
* 9 7 8 9 3 8 8 3 6 5 5 3 6 *